#1 – Das Rauschen wird kurz abgestellt

Inhalt #1

05	SAID	ostende, im schatten
07	Tobias Pagel	*Fotografie*
09	Robin Baller	Petrópolis
17	Fabian Spang	*Fotografie*
18	Sebastian Hage-Packhäuser	Ungewiss
20	Fabian Spang	*Fotografie*
22	Martin Piekar	Schwarzwind
26	Katrin Wälz & Peter Hoffmann	Die Schwelle
28	Matthias Engels	seehundstreue
30	Cornelius Reitmayr & Julia Huber	*Fotografie*
31	blume (michael johann bauer)	Entropie
36		Beitragende

IMPRESSUM

nn – literaturmagazin

Gegründet 2014 von Sebastian H. Kahl und Sascha Kerper

Redaktion: Sebastian H. Kahl

Layout/Cover: Manuela Heidenreich

Coverfotografie: Cornelius Reitmayr und Julia Huber

© 2015 nn – literaturmagazin

Die Rechte an den Beiträgen liegen ohne Ausnahme bei den jeweiligen AutorInnen und KünstlerInnen.

ISBN: 978-3-7386-1948-5

Herstellung und Verlag: BoD – Books on Demand, Norderstedt

Bibliografische Information der Deutschen Nationalbibliothek:
Die Deutsche Nationalbibliothek verzeichnet diese Publikation in der Deutschen Nationalbibliografie; detaillierte bibliografische Daten sind im Internet über http://dnb.dnb.de abrufbar.

SAID

ostende, im schatten

dort würde er mich berühren.
ich sah mich in seinen armen. seine küsse und die sanfte tristesse des meeres.
wir fuhren dorthin durch die nacht. die lichter fuhren mit. mein kopf lag in seinem schoß.
jetzt hatten wir keine verwendung für den hausverstand –
wir suchten ein anderes terrain.
café flore bei wein und crevetten.
draußen glühte der sommer, drinnen schatten.
arthur vertrug das helle licht nicht – mit seinen dünnen augenlidern.
ich konnte den blick von ihm und seinen gesten nicht abwenden.
im parlando wurde das tier eingekreist.
zu viel zeit verging, ehe er auf irgend etwas antwortete. er hatte einen raum in sich, einen betrachtungsraum.
vielleicht machte mich erst der verzicht reif für ihn.
arthur beschwor immer wieder, ich würde nichts zerstören, nichts.
im café steckte er mir eine notiz in die bluse – wenn ich atmete knisterte es.
ich hörte es, ich schämte mich, ich wollte zu ihm.
- zuletzt bin ich von einem älteren nachbarn genommen worden.
- er mußte eine reife frau mit schwingungen nehmen.
draußen ein wagen. darin niemand. der scheibenwischer war angestellt.

- ist das ein zeichen für uns?
arthur schaute geradeaus.
- wollen sie mit ins hotel kommen?
ich zog die schuhe aus und war überzeugt, meine nacktheit würde mir kraft geben. die satin-bluse voller geschenke antwortete auf jeden schritt.
eine junge frau schlenderte umher. die silbernen träger ihres kleids überm rücken. sie würde alles hinnehmen, woran man sie teilnehmen ließ. sie lächelte und bat um beachtung. doch arthur nahm das geschenk nicht an.

die jalousien wird er heruntergelassen haben. in irgendeinem kleid werde ich dem verächtlichen augenaufschlag ausgeliefert sein – bis das kleid von selbst herabfällt.
ich werde die augen schließen und murmeln. dann werde ich mich vorbeugen, um den kuß zu erreichen.

er hatte zwei zimmer genommen.
ich lag in meinem bett, den arm über den augen und dachte an die männer, die mich in der vergangenheit genommen hatten. jetzt glaubte ich an eine knisternde macht, die mich suchte.
ich konnte weder beten noch schweigen.
jemand klopfte an die tür.
der boy brachte in seinem auftrag einen stapel frischer zeitungen.
da lag ich nun, ausgebreitet auf dem zeitungspapier. der geruch der druckerschwärze konnte meine nacktheit nicht besänftigen. ich wimmerte und wartete.
draußen die verstümmelten birken. ihr geheimnis haben wir monate später erfahren.
zwei körper brauchen viel zeit, um zu einem rhythmus zu finden.

(april 2011)

Robin Baller

Petrópolis

1

»So! Erledigt!«, sagt der Mann zu sich selbst, dem, was kommt, ist nicht mehr zu entgehen. Er blickt auf das Schachbrett, die Dame hat er scharf nach vorne geschoben, der König, von einem letzten Bauern mehr schlecht als recht gedeckt, ist in größter Gefahr.
Doch was heißt noch Gefahr, denkt der Mann, die Gefahr ist vorüber, die Briefe sind geschrieben, die Erklärung verschickt. Es dunkelt, in einer halben Stunde wird der Himmel von Sternen übersät. »Petrópolis«, flüstert er, »Petrópolis«. Es ist Sonntag, der 22. Februar 1942, wenige Stunden vor seinem Tod.

»Stefan Zweig«, sagt das Mädchen, und zeigt auf das Buch in meiner Hand. Zur Bestätigung, oder mehr aus Reflex, nicke ich. Wir sitzen seit drei Stunden im selben Zugabteil und haben eisern geschwiegen. Jetzt, München ist lange schon passiert, frage ich halbherzig, ob sie ihn kenne. Sie nickt erst, dann hält sie inne, schüttelt den Kopf und lächelt. »Zweig«, wiederholt sie, »nein, eigentlich nicht.« Dann schaut sie mich auffordernd an, als stelle sie eine Frage.

Ich weiß nicht recht, was ich antworten soll. Soll ich von Zweigs Popularität berichten? Von seinen Bestsellern, die er über Jahrzehnte jährlich veröffentlicht hat und die ich momentan unentwegt verschlinge. Soll ich sagen, dass *er* der Grund ist, weswegen ich hier in jenem Zug sitze? Will sie all das überhaupt wissen, oder ist ihr nur nach Zeitvertreib? Ihr Lächeln ermuntert mich, warum nicht, denke ich, und sehe zum ersten Mal in ihre grünen Augen.

Doch als ich mich räuspere und beginnen will, finde ich den Anfang nicht. Das Grundlegende, das Wer, mit dem ich mich jetzt schon seit Monaten beschäftige, scheint mir auf einmal – oder immer noch – abhanden zu sein. Wer ist dieser Mann? Dieser Mann, der an jenem 22. Februar sein letztes Schachspiel beendet und sich kurz darauf vergiftet hat.

»Es tut mir leid«, flüstere ich zur Antwort. Ich schaue aus dem Fenster, »es tut mir leid.« Salzburg wird durchgesagt, ich atme auf. Dann verlasse ich mit schnellen Schritten und einem letzten »Auf Wiedersehen« das Abteil.

2

Auf der Edmundsburg, die sich auf halber Höhe des Salzburger Möchsbergs befindet, hat sich vor einigen Jahren das Stefan-Zweig-Centre gegründet, eine wichtige Anlaufstelle für Wissenschaftler – und Leute wie mich. Professor Berger aus Wien spricht heute, ein, wie meine Recherchen ergeben haben, wichtiger Mann.

»Autobiographien sind mit Vorsicht zu genießen«, sagt der Professor, als man ihm endlich das Wort übergeben hat, »vor allem, wenn man etwas über den Verfasser desselben Textes, den Autor, erfahren möchte.« Professor Berger hat unzählige Bücher geschrieben zu beinahe allen Dichtern Österreichs. Und obwohl er überall mit fast schon devoter Hochachtung begrüßt wird, wirkt er offen und freundlich. Er spricht im typischen Wiener Tonfall. »Betrachten wir, meine Damen und Herren, *Die Welt von Gestern*, Stefan Zweigs Lebenserinnerungen, die immer wieder als wichtiges Zeitdokument herangezogen werden. Und sehr wohl: Sie geben einen hervorragenden Einblick in die letzten, von individueller Freiheit und geistiger Produktivität geprägten Jahrzehnte des alten Österreichs, schildern den aufkommenden Nationalismus vor dem Ersten und den sich anbahnenden unmenschlichen Schrecken des Zweiten Weltkriegs. Und obwohl man über die Herkunft seiner Eltern erfährt, detaillierte Psychogramme geistiger Zeitgenossen geliefert bekommt, Zweig selbst tritt hinter all dem zurück. So sind seine Lebenserinnerungen, in denen zwar das Ich des Schriftstellers im Mittelpunkt steht, dennoch sehr unpersönlich. Ein Mann, der nicht einmal erwähnt, zweimal verheiratet gewesen zu sein, ja nicht mal die Namen seiner beiden Frauen notiert«, Berger schmunzelt, dann winkt er rasch mit etwas übertriebener Geste ab, »der nimmt den Vorsatz, über die eigene Person nicht zu viel Aufhebens zu machen, bemerkenswert ernst.«

Der Mann schiebt das Schachbrett zur Seite. Aus dem Innenraum vernimmt er das bekannte Husten seiner asthmatischen Frau. Er muss an seine Schreibmaschine denken, die er gestern einem seiner wenigen hier in Brasilien lebenden Freunde geschenkt hat. Schreiben wird er also nicht mehr, und auch sonst, es gibt nichts mehr zu tun. Der Nachlass ist geklärt, das Veronal besorgt. »Lotte«, ruft der Mann, den Namen seiner Frau.

Als Berger endet und alles applaudiert, merke ich, dass ich in Gedanken gewesen bin, fluchtartig verlasse ich den Raum, die Edmundsburg, laufe über den kleinen Vorplatz hin zum Geländer und blicke auf die sich unter mir ausbreitende Stadt.

»Na, brauchen Sie auch etwas Luft?« Schon wieder diese Stimme, ich drehe mich um, es ist Professor Berger, dessen grau-gelocktes Haar von einem Windstoß in Wallung gerät. »Sind Sie Doktorand?« »Nein«, sage ich schnell und will erklären, wer ich bin, doch Berger fällt mir ins Wort. Er winkt ab. »Vergessen Sie die Novellen«, sagt er, »die sind blumig, bieder. Zweig ist vor allem ein Historiker, ein erzählender Historiker, seine *Sternstunden der Menschheit* eine Reihe von Beispielen, wie Geschichte lebendig erzählt werden kann.« Berger hebt den Zeigefinger. »Und hier, in den Lebensbeschreibungen von Balzac und Dostojewski, von Kleist und Hölderlin, von Goethe und Napoleon, hier, hier liegt die Spur.« »Die Spur zu ihm?«, frage ich. Berger nickt und dreht sich um.

Es ist Dienstag, der 13. Mai 2014, und ich verlasse das Hochplateau der Edmundsburg und folge den Stiegen, die mich weg von all den Vorträgen hinunter in die Stadt führen. Links das Festspielhaus, rechts St. Peter, ich schaue mich um mit suchendem Blick.

3

Ehe ich mich auf den Kapuzinerberg traue, die stolze Anhöhe am nördlichen Ufer der Salzach, der Ort, an dem Stefan Zweig zusammen mit seiner ersten Frau Friderike und deren beiden Töchtern fünfzehn Jahre gewohnt hat, laufe ich ein wenig durch die Stadt. Bei *Höllrigl*, der ältesten Buchhandlung Österreichs, kaufe ich ein Taschenbuch. Es ist *Triumph und Tragik des Erasmus von Rotterdam*, eines der letzten, das mir noch fehlt. Zweig hat es 1934 geschrieben, in jenem Jahr, in dem er das Haus auf dem Salzburger Kapuzinerberg verlassen hat. Er war immer auf der Flucht, denke ich, während ich mich auf einer Bank am Fluss niederlasse, von wenigen Atempausen abgesehen, war er immer auf der Flucht. Wien, Salzburg, London, New York – Petrópolis.

Während ich die ersten Kapitel lese und mir dabei immer wieder Notizen an den Rand schreibe, denke ich an das Mädchen im Zug, ihre grünen Augen. Wie alt wird sie gewesen sein? Zwanzig? Etwas älter? Ich weiß es nicht. Weiß nicht, woher sie gekommen, wohin sie gefahren ist? Unkonzentriert blättere ich weiter, Kapitel für Kapitel, und plötzlich bin ich beim Nachwort angelangt – verfasst von keinem geringeren als Professor Berger selbst.

»Die Biographie des heute weitgehend vergessenen Humanisten Erasmus von Rotterdam stellt einen Menschen vor, der zu einer Zeit großer Umbrüche – das Mittelalter weicht der Renaissance – eine einflussreiche Position besetzt.« Während ich lese, höre ich die wienerische Gedehntheit Bergers Worte. »Die in ganz Europa vorangetriebene Reformation der katholischen Kirche bezieht sich nicht selten auf Erasmus' Schriften. Er, als Repräsentant des Humanismus, als theologisch-philosophisch Gelehrter, wird stets um Rat gefragt. Erasmus, der in der Vermittlung von Gegensätzen, dem Austarieren, Meisterschaft beweist, kommt erst ins Stocken, als man ihn zu verpflichten sucht, Partei zu beziehen. Obwohl Kritiker der Kirche und Sympathisant der Reformation bleibt Erasmus vage. Als Pazifist und Evolutionär, wie Zweig ihn bezeichnet, kann er die gewaltige Entschlossenheit, den rigorosen Fanatismus der Reformatoren um Martin Luther nicht unterstützen. Und so wird aus dem gedanklichen Wegbereiter der Reformation ein zurückgezogener, von beiden Seiten angefeindeter Mann, der es verpasst, als Verkünder einer neuen Weltanschauung in die Geschichte einzugehen.«

Auch Erasmus flieht, denke ich, und lege das Buch neben mich auf die Bank. Dann sehe ich hinüber auf die andere Seite des Ufers, auf der in der langsam einsetzenden Dämmerung der Kapuzinerberg bedrohlich auf mich zu warten scheint.

4

Die schon im Titel angekündigte Tragik des ja nicht zufällig von Zweig erwählten Protagonisten scheint mir plötzlich ein Schlüssel zu sein. Die nebenbei beschriebenen Erasmus'schen Eigenschaften, dessen Reiselust, seine ganz auf das Medium des Buches ausgerichtete Lebensform, die Leichtigkeit des Schreibens, sie kommen mir bekannt vor, bekannt vom Autor selbst. Und so blättere ich noch einmal zurück, jetzt schon allmählich auf den Schein der Straßenlaternen angewiesen, und ja, da ist noch mehr, Berger hat Recht.

»Immer noch Zweig?« Ich schaue auf. Das Mädchen vom Zug. Sie lächelt. Die Straßenbeleuchtung wird von ihren Augen reflektiert. »Es tut mir leid«, sage ich. »Das weiß ich schon«, antwortet sie. Sie lächelt noch immer. Und mir ist peinlich, sie wiederzusehen, ich hatte ja nicht wissen können, dass auch sie in Salzburg den Zug verlässt, und dass auch sie – immer noch allein – abends am Ufer der Salzach spaziert.
»Und?«, fragt sie leise, »willst du mir sagen, was du eigentlich machst?« Ich schwanke. Noch einmal fliehen kann ich nicht. »Ich hatte das Bedürfnis etwas über Zweig zu schreiben«, sage ich. »Bist du also ebenfalls ein Autor?« Ich zögere, dann schüttle ich den Kopf. »Wahrscheinlich nicht«, sage ich. Das Mädchen setzt sich neben mich. »Da ist dieser Mensch«, sage ich, »der von einem Ort zum anderen zieht, auf der Suche nach einem Platz, an dem man sein kann, denken und schreiben, dieser Mensch, der flieht, von Rückzugsort zu Rückzugsort, bis ihm das zu wenig ist.« Den letzten Halbsatz sage ich schnell und senke dabei den Blick, ich möchte nicht pathetisch sein, möchte dem Mädchen auch nicht verraten, dass ich hier bin, um einen ganzen Roman zu schreiben, es klänge allzu vermessen für einen wie mich.

5

Wir überqueren den Fluss. Von der Staatsbrücke aus biegen wir in die Linzergasse ein. »Hier«, sage ich, und zeige auf die Toreinfahrt, hinter der die Stiegen, die auf den Kapuzinerberg hinaufführen, schon zu sehen sind. Das Mädchen nickt mir aufmunternd zu, ich frage mich, ob ich ohne sie noch immer am Ufer säße, mir ewig Notizen machte, um auch ja niemals, niemals mit meinem Roman zu beginnen.

Die Stadt, in der Zweig als Schriftsteller seine erfolgreichste Zeit erlebt hat, ist ihm nie so recht ans Herz gewachsen. Seine kleine, alljährliche Flucht, sobald der Rummel der Salzburger Festspiele beginnt, ist nur ein kleiner Hinweis auf das latente Unwohlsein in ihm. Im Februar 1934, der *Erasmus* ist noch nicht geschrieben, hat Zweig von Salzburg innerlich schon Abschied genommen. Als eines frühen Morgens vier Polizisten vor der Tür stehen, um nach angeblichen Waffen sein Haus zu durchsuchen, ist die Entscheidung gefallen. In einem Land, in der die Freiheit des Individuums in solch erschreckender Weise mit Füßen getreten wird, kann Zweig nicht mehr sein.

»Hier ist es«, sage ich. Wir stehen vorm Gartentor, Kapuzinerberg 5. Privatbesitz. Durchgang verboten. »Ich kann nichts sehen«, sagt das Mädchen, und sie hat Recht, überall verdecken Bäume die Sicht auf das Haus. Nur ab und zu ist zwischen den Blättern der gelbe Anstrich der Villa zu sehen. Nach einer Weile, in der wir überlegen, über den Zaun zu steigen, die Idee aber gleich wieder verwerfen, gehen wir weiter.

»Und fängst du jetzt an?« Wir stehen auf dem Berg und schauen hinab. Kein Stern am Himmel, und doch: Salzburg glitzert. »Womit?«, frage ich, und merke, dass ich froh bin, nicht allein zu sein. »Mit deinem Roman.« Sie lächelt und ihre grünen Augen leuchten unheimlich wissend. »Ich habe dir nie davon erzählt.« Das Mädchen winkt ab – es ist exakt die Geste des Professors. »Vielleicht erzählst du erst einmal von dir«, fährt das Mädchen fort, »von deiner Reise, deiner Flucht, einige Fakten, ein bisschen Fiktion, hier und da eine erfundene Person …«

Ich weiß nicht, wir blicken auf die Stadt, die doch nur eine Reihe von Häusern an einem kleinen Fluss in einem kleinen Land in einem kleinen Kontinent ist – und doch glauben wir, es sei bedeutungsvoll.

Der Mann fühlt sich schwach. Noch eine Flucht? Wohin? Diese Gedanken, die ihn noch immer verfolgen, die noch immer nichts anderes als Hoffnung auf Leben sind, erschüttern ihn zutiefst, tiefer als es die Ängste, eingesperrt, gefasst zu werden, tun. Er schüttelt sie ab. Petrópolis, der letzte Halt. Keine Freunde, keine Bücher. Sein Sprach- und Kulturraum sind unerreichbar verstellt. Es bleibt nur Flucht.

Sebastian Hage-Packhäuser

Ungewiss

– // : um uns ist alles – / : voll von Leben – / : wir
treiben – / : durch ein Meer von Wellen – /
(: sie rollen – / : stehen – / : schweben hier – /
: wir verstehen nichts & stellen

die Lautstärke entsprechend ein – / : nervös
modulieren wir die Frequenzen – /
: das Equipment ist schon längst porös – /
: wir geraten an die Grenzen

des Hörbereichs – : – : des Sichtbaren – / : die Welt
färbt sich / tief=ultraviolett – /
(: das Rauschen wird kurz abgestellt – /
: das Spektrum reicht von A bis Z –)) //

: & noch ehe wir uns wiederfinden – /
: orten die Radare uns – /
(: die uns schon auf den Schirmen binden – /
: wie Schemen eines großen Funds –) /

: doch die Strahlung tut uns nichts zuleide – /
: wir sinken tief / in einen Traum – /
: empfangen uns / & senden beide
dasselbe Bild weit in den Raum –

& treiben / so durch dieses Heiligtum – ,
das alle Wunden nahtlos heilt – //
: auf einmal / fokussiert der Zoom – /
: das Ungewiss / wird neu verteilt –

Martin Piekar

Schwarzwind

never sigh
always cry
(Ann Cotten)

Wieso es so polnisch stürmt? nie wiem
Vielleicht weil ich englisch heulen will
Und du mich polnisch begrüßt und
Polnisch gekost hast -> weil ich dort
Wurzeln habe, wolltest du welche schlagen
Ciemnote, weil ich nicht genau
Weiß was Nacht ist bekommt einen
Hauch von deiner Iris und abgelaufene
SMS in Fremdsprachen um sich
Einst näher zu kommen –> mon amie
Extraverhältnisse sind leicht zu handhaben
Und leicht zu vergessen, wenn auch unsauber
Sie verwehen wie Wind, aber es bleibt
Ein Schattenfrüher übrig wie Schwarzwind

Ciemno w okienku und pada, może Deszcz
Chyba Scheibenkleister vor der Brille
Verwischt wie Anisschnäpschen deiner
Berührungsschatten, Erinnerungen sind
Homöopathie, Erinnerungen als Unheilmittel
Schwebedosiertes Gift, das mich verwäscht
Nie ganz durchdrungen aber via watr i
Burzą idzie incoming call – *hear me calling*
Piloerektion wenn Schwarzwind
Jemand wird das Wetter immer mögen
Ein Schatten von dir weht an mir vorbei
Ich kann ihn nicht lassen
Begrüßt und gekost und gegangen und –
Black wind come carry me far away
Ist die Haltbarkeit von Gedanken ortsgebunden
Kochanie? Jetzt habe ich mehr Sprachen
In denen ich dich vermisse. niosę deszczu via
Wiatr i noszę spadanie via SMSem die alten
Nachrichten … oder Nachtsichten ich lese nach.
Der Schwarzwind streift einen nicht nur er
Hinterlässt einen Erinnerungsschatten ich lese nach
Und nach mich erneut in unseren Sprachen-
Cocktail ein und nach und nach um nachzugeben
Aber ich rufe dich nicht an, cause you don't
Hear me calling i burza błyska gdzie sny
I wiara jeszcze coś budują was nicht heißt,
Dass ich untätig und voller (Be)Rührung bin
Du hast mich gerührt, doch rühre ich jetzt

Martin Piekar

Was anderes an? an mir sollte man das
Nicht festmachen nur jemand wird das Wetter
Immer mögen und die Atemweise des Sturms
Ändert sich wieso es in mir so polnisch
Stürmt ist mir nicht klar, du warst es nicht
Aber jetzt bekomme ich den Schwarzwind
Nicht mehr aus meinem Zimmer balkon
Otwarty i wieje i padam, padam jak deszcz
Vor meinen Augen bleibt das Spiegelschwarz des
Smartphones haften und du und Fremdsprachen-
Verhältnisse wie man sich im Sprechen
Beschränkt man kommt an den Punkt
Der Aussicht vor klarer Klippe und spricht
Spricht erstmal von sich und merkt, dass
Die Sprachen verhandeln, wie dich und mich
This black wind calls my name to you no more
Und meine Sprache ist ganz aus mir geformt
Meine Erinnerungen sind Syntax
Wenn ich denke, setze ich Zeichen, Satz-
Zeichen wenn ich die Lippen öffne
Und stumm bleibe und wieder schließe
I burza pomaga mi czytać twoje SMSy
I balkon otwarty i wieje via wiatr ja proszę
Black wind come carry me far away ->
Weil ich dort keine Wurzeln habe und keine
Abgeschlagenen, es ist ja weit, so weit weg
Was ich mir wünsche, dass ich mir
Nicht vorstellen kann, dass ich mir

Nichts leicht verzeihe und vergesse
Das Extraverhältnis ist ein Abstellraum,
In dem man die Welt abstellen kann, einfach so
So einfach und still stehts und nur das
Verhältnis, nun das ist extra – aber der Raum
Ist nicht abschließbar und die Welt
Nicht abstellbar, nicht lange, nicht so, wie
Verhältnisse abzustellen sind, Anisschnäpschen
Abzustellen sind, weil ich sie nicht leiden kann
Weil dein Geruch via wiatr in ihrem
Schatten schwingt Schwarzwind und streift
Einen nicht nur so er hinterlässt
Einen Zirkus von Gerüchen, die immer
Zurückrufen: *hear me calling* und weil ich dich
Nicht anrufen will, lese ich noch i deszcz czyta
Ze mną i deszcz płacze wieso es so polnisch
Schmerzt? Weil Regen nicht homöopathisch
Erinnerungen wäscht, pada(m) z balkonu albo
Przez? i Burze widzę ale ciebe nie der Schwarzwind
Heult und die Windmühlen stehen still, so still,
Nur ich zitttre, *this black wind calls my name to you no more*
Es ist Zeit abzuschließen, den Balkon zu schließen.

Matthias Engels

seehundstreue

als wir an land gingen
die tücher in denen wir unsere haut
verwahrten noch klamm
hatte der klappstuhl sein abenteuer
alleine gefunden und die klippe
längst ohne uns verlassen

wir versprachen uns seehundstreue
stundenlang kämpftest du
mit dem großen laken himmelblau
feine roten fäden um die zehen
vom muschelschnitt der horizont
kapitulierte dutzendfach

überall weiße segel
wir angelten wolken
ließen unsere blicke hüpfen
übers wasser brieten die sterne
über schmächtigem feuer und aßen
dazu brötchen mit mond

unsere billigen romane
ließen wir der gelangweilten brasse
lasen uns vor was in sand
auf uns stand und dachten
an das was wir nächsten sommer
getan hatten

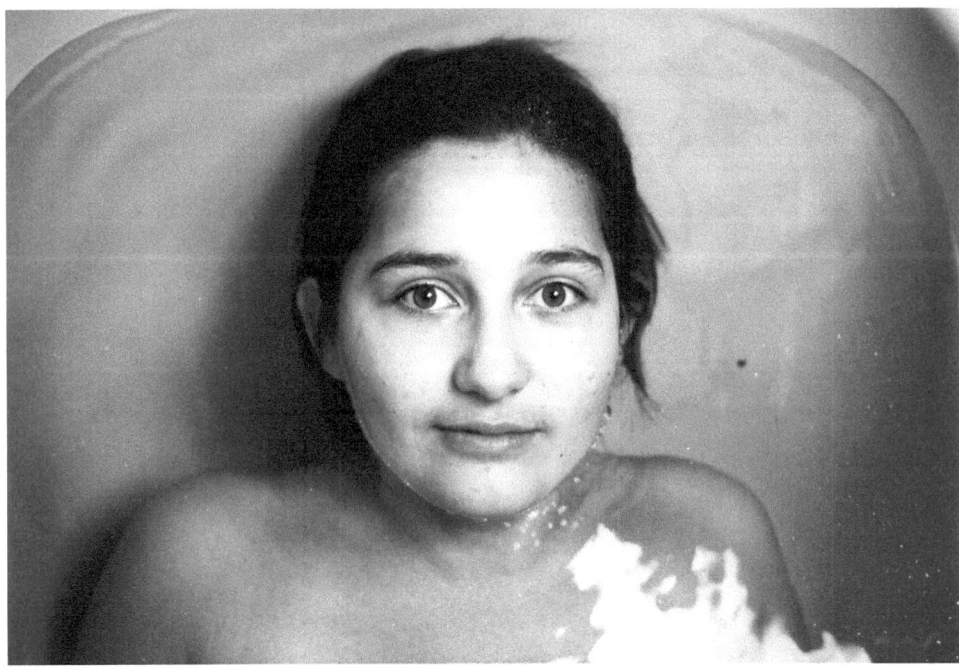

blume (michael johann bauer)
Entropie

Das Gespräch: in ungezählten Scherben. Vielleicht, auch giert mein Blick deshalb nach perspektivischer Veränderung. Ja; und siehe, exakt im rechten Moment: ein Kind! Seine Silhouette, eine den Augen außerordentlich angenehm anmutende Umbra-Arabeske, kaum wahrnehmbar – noch? –, zeichnet filigrane Schnörkel an den von wütendem Sonnengebrüll dominierten Horizont. Diverse, der weiteren Ausschmückung dienliche, tendenziell Symbolcharakter aufweisende Details formulieren sich – von meiner Warte aus betrachtet – wie fast jetzt umrissen: Hitzeflirrend neigt die Luft ihr fiebriges Haupt über dürren Feldern; das Kind: seines. Seine ihn vorwärts treibende Bewegung skizziert, schleppenden Schritts, eine Tangente zum kritischen Radius jenes Ortes, an welchem, erstens, – relativ – mit die größten Entscheidungen fallen, an welchem, zweitens, Zukunft sich schreibt, an welchem, drittens, gemeinsam mit anderen, mich befinde: ich. Und abspielt sich, die antizipierte Berührung – zwischen Linie und Kreis –, vernehmen lässt sich, ein Geräusch gleich Schaben mit fernem Donner vermengt. Das Kind hält inne, es dreht sich – dem folgt sein Gesicht – nach links, mir entgegen; dann: zunehmende Annäherung. Punkt. Meine Reaktion darauf: wahre Orgien an bereits miteinander verschmolzenen, untereinander aufgehenden und zu kausalen Zusammenhängen sich anordnenden Fragmenten passiv mir immanent seiender Repliken von irgendwann stattgefunden habenden, stattfindenden, stattfinden werdenden Sinneswahrnehmungen überfluten – plötzlich? – meine sogenannte innere Welt. Also glaube ich, zu wissen, was geschehen wird; also bin ich nahezu vollkommen überzeugt, von meiner Kenntnis des bevorstehenden Ablaufs. Seit – besser: weil! – wir – wer immer das sei – die Zeit nicht (mehr?) als stringent „chronologisch" – chronologisch: ein (in diesem Falle) Adverb, das seinen Sinn verlor – fortschreitend interpretieren, atmen wir tiefer, schöpfen wir mehr, aus unseren substanziellsten Potenzialen, uns dynamisch synchronisierend, mit jeglicher uns bildenden Realität, verbildern wir uns deutlich wechselhafter, denn wenn es nicht wäre, dergestalt. Aber, warum vorgreifen? Hin und wieder spricht nichts gegen gute, altmodische Linearität. Demnach: stärker am Kontext. Deswegen: eine bezüglich der äußeren(?) Form des Geschehens phänomenologischer orientierte Schilderung desselben: die räumliche Anordnung aller relevanten und einzelnen Subjekte, im Rahmen dieser bedingt in sich geschlossenen Gruppe, verschiebt sich; nun treten hervor, bislang eher unscheinbar gewesene; vorneweg, ein offenbar jüngeres, wenigstens verglichen mit jenem (Kind), welches sich als erstes ins durstige Feld sinnsuchender Aufmerksamkeit geschoben hat respektive schiebt. Ebenso, unterwegs verbleiben einige abseits geschrittene, verringernd, die Summe vorgeblich zielstrebigerer: aufbauend, komplex zu Deutendes, weihen sie ihren Antrieb greifbar wirkenden Naturmaterialien; dabei lächeln sie bis lachen, interagierend und gleicherdings für sich seiende Erfahrung der Ewigkeit, via akut Augenblickliches. Punkt.

Meine Begeisterung steigt: alles verteilt und stilisiert sich zum Ideal seiner selbst, in der Anpassung, einer Funktion ohne Pseudo-Freiheit, hinsichtlich des Inhalts per se – abzüglich gewisser, eventuell nicht bedingungslos unbedeutender und vielschichtiger Details –, jedoch inklusive einer solchen, in punkto Umsetzungsgeschwindigkeit und Ausprägung. Nämlich erhält die Handlung damit etwas zutiefst Allegorisches; ganz so, als verweise eine jede Facette – für sich sowie in sämtlichen erdenklichen Konstellationen – auf das augenscheinliche Spektrum bei Weitem transzendierende Bedeutungsessenzen von allerhöchster Prägnanz,

sprich: ein lebendiges Labyrinth, das lebendigere erzeugt.
Nämlich entstehen just dort, wo mehr oder minder stark voneinander abweichende (philosophische?) Axiome/Theoreme – in der Absicht, ihre Aussagen plastischer, präsenter zu machen, Konkreta um sich scharend, an sich reißend, zum Gestalten und Materialisieren nutzend – aufeinandertreffen, mitunter – exemplarisch: ferner: über langwierig schmerzhafte(?) Diskurse –, nicht selten – Behauptung! – viel skurrilere(?), in ambivalentesten Akten sich manifestierende Dogmen samt zugehörigen Metamorphosen (indes beziehe sich dies lediglich marginal auf den Konsens des vorhergegangenen Satzes). Nämlich: genug! der erneuerten, diesmal gar ausschweifenderen Abschweifung!
Ergo: zurück, zu unseren Protagonisten. Ihre nackten Füße tanzen; sie haben sie erreicht, die saftig satten Wiesen unserer (Anm.: wir, uns, unser usw.: kategorisch bezogen auf absolut alles und jeden) unsere heiligen – weder religiös, noch explizit moralisch zu konnotieren; allerdings wohl, wegen der hier quasi in einem selbige konzentrierenden Sammelbecken zusammenlaufenden und sich vereinigenden Machtwellen, prägend und fundamental für die Entwicklung der gesamten, davon betroffenen Natur inklusive Menschheit – Hallen lieblich umschmeichelnden, kunstvollst angelegten Gartenanlagen.

Lyrisch angehauchtes Interludium:
Bäche plätschern und Vögel tirilieren – zartes Buschwerk liegt auf Wölbungen. Ein Blütenmeer versendet Wohlgerüche, geduldig lockt es Schmetterling etc. Andeutet! sich, in sorgsam platzierten Bäumen, des Waldes unbezähmbare Gegenwart. Animalisches kreischt, irgendwo verborgen – die Idylle trügt/ trägt den Schein.

Bald hängt Blutiges an widerhakenden Dornen; mein Gang hinterlässt eine dunkelrote Spur, in der matt staunend Neugier sich staut wie widerspiegelt; Augen treffen auf Augen, jeweils meine, Resultat: beidseitiges Erkennen – nur, wer mag Zukunft, wer Gegenwart, wer Vergangenheit sein? Fragezeichen; dazu analog: Aus, von meiner passiven Position, observiere ich eine forschende Aktivität – meine –; vice versa: heraus, aus meiner ziemlich progressiven Adaption an mir aktuell gewissermaßen Unbekanntes, erforsche ich eine mich observierende Figur – ebenfalls: meine. Zumal erklingt ein schmiegsam tönender Ausruf (, hinhören!): … Sehnsucht! Sehnsucht! durchströmt meine/unsere (mindestens) mehreren Körper – Sehnsucht! nach vielen lustig süßen und ungeträumten Träum(erei)en: warmer Atem, der aufgeregt/aufregend (und darin vergisst: sich) über die offene Epidermis unserer/meiner(?) intimsten Organe [*sic!*] haucht; Schweigen. Soll da etwa sich erfüllen, was erfüllen sich will – will?! –? Falls (von – unter anderem – mir/uns(?)) Verstand Genanntes Intentionen auf die/eine nicht verifizierbare Neutralität des Seienden Seins projiziert, tritt auf: eine herb sonderbare Verzerrung dessen Wesens, welche, nichtsdestotrotz, eventuell wesentliches Bestandteil desselben, aufgrund meiner/unserer Teilhaftigkeit, daran, sei; und nichtsdestotrotzer: das Aufstellen von Prämissen entspreche danach – auch: nicht beweisbar – der Anbetung fixer Ideen und führe zu geistiger Enge und Gefangenschaft, in deren sehr arg begrenzten, beschränkten Räumen; nennen wir/ich nenne es, der Einfachheit halber: Fügung, von determinierendster Art/Weise. Denn: nachdem das Ganze sich dann schließlich ereignet haben wird und wiedergebärende Finsternis sich senkt, über mich(?) und meine irrenden Phantasmen, brach ein krallenbesetztes Tier vor – aus mir –: mit feurig lodernden Lefzen verschlang es die erbärmlichen Reste einer von bizarrsten Manierismen degenerierten Physiognomie; um sie zu verdauen; um sie zu schaffender Kraft zu verwandeln.

Nunmehr seit Anbeginn des Irgendwanns – wir tauchen einmal mehr, ein, ins gemächlich vor sich hin blubbernde Fluidum eines schier Zeitlosigkeit suggerierenden Anderswanns – harrt der den eigentlichen, temporär unter der Oberfläche verborgen, unwahrnehmbar gewesenen Kern meiner Ausführung darstellende Mechanismus der Auslösung: seine Zugänglichkeit findet Vollendung über die Leichtigkeit mit der – uns – sich sein Zugang offeriert: keinerlei spezielle Qualifikation, abgesehen von einem notwendigen Minimum an motorischer Kompetenz – dem Anspruch genüge ein des Gehens und Greifens fähiges Kleinkind –, zeige sich als vonnöten, zur Ingangsetzung. Punkt: Wahrhaft ausgeglichene Systeme – laut unseren Axiomen – bestätigen ihre unangreifbare Sublimität, indem sie bewusst in sich integrieren, das sie jederzeit beenden könnende – wobei: Ende und Anfang und Dazwischen seien Reflexionen von Reflexionen auf dem Abbild eines Abbilds etc.; nichts ende und nichts fange an, außer untrennbar ineinander fließende Phasen des Beliebigen – Moment völliger Unberechenbarkeit.

Das Kind – ich – legt seine Hand auf die vorgesehene Fläche; wir umringen es, in stiller Kontemplation: was geschieht, geschieht: die verbindenden Prozesse sind aufgehoben, unwiderruflich – unser System ist nicht mehr, ist vernichtet, ist ein anderes: schon erlischt unsere/meine/die Erinnerung. Das Tier kehrte zu seinem dunkelsten Wald zurück.

Beitragende

Robin Baller, geboren am 10.02.1987 in Offenbach am Main, arbeitet seit 2008 an verschiedenen literarischen Projekten. So hat er in den letzten Jahren mehrere Kurzgeschichten, Erzählungen und Romane geschrieben. Für einen Auszug aus seinem aktuellen Roman-Projekt »Bodmin Paris« hat er 2013 den Martha-Saalfeld-Förderpreis erhalten. Neben seinen literarischen Arbeiten, beschäftigt er sich, angeregt durch sein gerade abgeschlossenes Studium (Germanistik, Psychologie und Publizistik an der Uni Mainz), mit dem Schriftsteller Peter Hacks, über den er u.a. zwei Essays verfasst hat, die 2014 (im Eulenspiegel-Verlag, Berlin und im Verlag André Thiele, Mainz) erschienen sind. Des Weiteren engagiert sich Robin Baller in der Mainzer Kulturszene. Zusammen mit Christian Simon und Emil Fadel hat er die regelmäßig stattfindende Lesungsreihe »Textbühne Mainz« (www.textbuehnemainz.de) ins Leben gerufen – ein Projekt, das Nachwuchsautoren aus der Region eine Bühne bietet.

blume (michael johann bauer), *29.06.1979 in Schrobenhausen, lebt in Durlach, Karlsruhe. Hat Forstwirtschaft in Weihenstephan, Freising, studiert und sich anschließend auf Pädagogik spezialisiert. Diverse Veröffentlichungen in Literaturzeitschriften und Anthologien, u.a.: Eine Kurzgeschichte in der Literaturzeitschrift „phantastisch!"; Kurzprosa, in der Kurzprosaanthologie „Kühner Kosmos"; Gedichte in verschiedenen Ausgaben der Literaturzeitschrift „Dichtungsring", Gedichte in der Literaturzeitschrift „keine! delikatessen" etc.

Matthias Engels, geboren 1975 in Goch am Niederrhein, lebt mit seiner Familie im westfälischen Steinfurt. Er erlernte zunächst den Beruf des Sortimentsbuchhändlers, ist als Referent für Literatur in der Erwachsenenbildung tätig und veröffentlicht seit 2008 Romane und Lyrik. Matthias Engels ist Mitglied im VS NRW

Dr. Sebastian Hage-Packhäuser, Jahrgang 1981, versucht seit seiner Geburt, sich mit seiner Sprache zurechtzufinden. Studierte Mathematik und Physik. Arbeitet vor allem lyrisch – mit dem Bestreben, dem Schreiben selbst, doch auch der Welt, die ihn enthält, in irgendeiner Weise auf die Spur zu kommen. 2013 erhielt er nach seinem Gedicht Wortende den Lyrischen Lorbeer in Gold, 2014 den Lyrischen Lorbeer in Bronze für seine Tonspur, zuletzt den Wiener Werkstattpreis.

Tobias Pagel, geboren 1981 in Sigmaringen, lebt und arbeitet in Konstanz. Studium der Germanistik, Geschichte und Sportwissenschaft in Tübingen, Absolvent des ebenfalls dort ansässigen Studio für Literatur und Theater. 2009 Gewinner des Lyrikwettbewerbs Dem Schönen zuliebe des Schweizer Govinda-Verlages, 2012 Preisträger beim Jokers-Lyrikwettbewerb. Veröffentlichungen in Zeitschriften und Anthologien, u.a. in um[laut] und]trash[pool. Darüber hinaus Erfahrungen& Veröffentlichungen als Singer/Songwriter, Fotograf und Poetryslammer.

Martin Piekar, '90 geboren, Student der Philosophie und der Geschichte an der Goethe-Uni in Frankfurt am Main. 2012 Stipendiat der Stiftung Niedersachsen beim Literaturlabor Wolfenbüttel, sowie Lyrikpreisträger beim 20. Open Mike. 2013 Finalist beim Lyrikpreis München. Veröffentlichte bereits in Literaturzeitschriften (z.B. POET, floppy myriapoda, Neue Rundschau, manuskripte). Ist Mitglied des Jungautorenkollektivs „sexyunderground" des Literaturhauses Frankfurt am Main. Sein erster Gedichtband „Bastard Echo" erschien im Frühjahr 2014 beim Verlagshaus J Frank, Berlin. 2014 Wurde er World Lyrikwrestling Champion

Cornelius Reitmayr und Julia Huber, beide 19 Jahre alt und haben sich im Oktober 2014 durch ihr FSJ Kultur kennengelernt, das beide direkt nach dem Abitur begonnen haben. Cornelius ist im Zentrum für Kunst und Medientechnologie Karlsruhe tätig, nebenbei beschäftigt er sich gerne mit Lichtgestaltung, Fotografie und Film. Julias Einsatzstelle ist die Jugendkunstschule Heidelberg-Bergstrasse e.V. . Neben experimentellen Arbeiten aller Art stellt sie unter anderem Schmuck aus recycelten Materialien her. Mittlerweile sind sie sehr gut befreundet und stürzen sich gelegentlich gerne zusammen in kreative Projekte.

SAID wurde 1947 in teheran geboren und kam 1965 nach münchen. nach dem sturz des schah 1979 betrat er zum ersten mal wieder iranischen boden, sah aber unter dem regime der mullahs keine möglichkeit zu einem neuanfang in seiner heimat. seither lebt er wieder im deutschen exil. sein literarisches werk wurde vielfach ausgezeichnet: 1992, civis-hörfunkpreis; 1996, preis der stadt heidelberg „literatur im exil"; 1997, stipendium villa aurora (los angeles, usa); 1997, hermann-kesten-medaille; 2002 adelbert-von-chamisso-preis; 2006, goethe-medaille. 2010, litraturpreis des freien deutschen autorenverbands. 2014, verdienstkreuz am bande. seine bücher sind in mehreren sprachen erschienen, zuletzt: „parlando mit le phung". göttingen 2013 und „schneebären lügen nie"(mit bildern von marine ludin). zürich 2013(auch auf japanisch) homepage unter www.said.at

Fabian Spang wurde 1986 in Schwabach bei Nürnberg geboren. Seine schulische Ausbildung beendete er im Jahr 2005 mit dem Abitur. Sein anschließendes Studium in Film und Fernsehen mit dem Schwerpunkt Kamera (B.A.) in München schloss Fabian 2011 mit dem Kurzfilm „Ab Morgen." (Regie: Elsenbruch/Wallner) ab. Der Film erhielt neben diversen Festivalauszeichnungen das Prädikat „Besonders wertvoll" von der Deutschen Film- und Medienbewertung. Seit 2012 arbeitet Fabian selbstständig im Bereich der digitalen Bild-Postproduktion und Farbkorrektur für Kino, TV & Werbung.

Auswahl aktueller Film-Projekte: www.postproduktionsbuero.de
Auswahl Fotografie: www.flickr.com/photos/fabianspang

Katrin Wälz (Text) wurde 1978 in Ulm geboren. Nach dem Abitur studierte sie Germanistik, Anglistik und Philosophie an der Universität Köln. Sie schrieb für zwei Theaterstücke des Jugendclubs des Schauspielhauses Köln (»Schwanensee« 2004 und »Die Zauberflöte« 2007). Von 2007 bis 2009 war sie Darstellerin in Performances der dänischen Performancegruppe Signa. 2013 schrieb sie für die Produktion »Alice's Dinnerparty« von raum13 (Deutzer Zentralwerk der Schönen Künste). Außerdem schreibt sie Texte für ihre musikalischen Projekte »Lichtzwang« (2006 – 2008) und »The Real Hot« (seit 2014). Sie arbeitet zudem seit 2012 als Taiji-Lehrerin und lebt in Köln.

Peter Hoffmann (Zeichnung), geboren am 12. August 1974. Studium Kommunikationsdesign an der FH Trier und als Fulbright-Stipendiat Illustration am Savannah College of Art and Design, USA. Seit 2001 freiberuflicher Kommunikationsdesigner und Illustrator in Köln. Seit 2014 Dozent für Zeichnung an der FH Münster und für Typografie am SAE Köln. Mehr zu sehen gibt es unter www.glashaus-design.com.

nn-magazin.net

facebook.com/nnmagazin

twitter.com/NN_magazin